NAURIEL
CORBEYRAN
SARN
Conception des décors : Simon Champelovier
Couleurs : Simon Champelovier et Nauriel

Nanami

2. L'inconnu

DARGAUD
BENELUX

Tous mes remerciements vont à mes camarades
de travail (et amis, tout court!):
merci à Amélie et Éric pour leur gentillesse,
leur fantaisie et leur délire;
merci à Simon pour ses conseils, sa patience et
les bons moments de rigolade.

Cet album est dédicacé à "Captain Caverne"...

Nauriel

Merci à Marc qui partage ma vie
et mes humeurs, bonnes ou mauvaises...
Merci à Mag pour sa joie de vivre et son rire communicatif!
(C'est toujours un plaisir de faire des salons avec toi!)

A. S.

www.dargaud.com

PREMIÈRE ÉDITION

Dépôt légal : d/2008/0086/75 • ISBN 978-2-5050-0062-4
Imprimé en Belgique par Fleurus BD Land

ON PEUT PAS MOISIR ICI ...
IL FAUT TROUVER UN MOYEN POUR SE TIRER ...
ON A DEUX OPTIONS, NIVA ... LA PORTE OU LA FENÊTRE ... FAIS TON CHOIX, JE TE SUIS !
POURQUOI ON N'ARRIVE PAS À RENTRER CHEZ NOUS ?
ARRÊTE UN PEU DE PLEURNICHER, NANAMI ! ÇA SERT À RIEN DE SE LAMENTER SUR SON SORT !
LA PORTE EST SOLIDE ...
ON VA ESSAYER LA FENÊTRE ...
COMMENT TU VAS FAIRE ?
ENLÈVE TA CEINTURE ...
1

TIENS ! ATTACHE-LES SOLIDEMENT ENSEMBLE ! ET TOI, DONNE-MOI TA TRAÎNE !
POUR QUOI FAIRE ?
TU VAS VOIR !
♪
♪
ALLEZ VIENS, MA BELLE, VIENS !
VIENS ME VOIR !
LÀÀÀÀÀÀÀ ...
2

ET MAINTENANT, VA-T'EN !
ALLEZ ! DÉGAGE !
TIRE-TOI !
ÇA VIENT ...
... ALLEZ ...
... ENCORE UN PETIT EFFORT ...
3

CRRRRAAAA
ÇA Y EST !
ROBINSON !
AIDE-MOI !
CLAC
CLAC
?!
C'EST L'HEURE ...
4

Foyer
d'accueil

Z'ÊTES SÛR D'ÊTRE
À LA BONNE ADRESSE,
MILORD ?
ABSOLUMENT ...
JE CHERCHE QUELQU'UN ...
UN ... UN AMI ...

AMI OU ENNEMI ... CONTRE UNE PETITE PIÈCE, Y A DES CHANCES QUE JE PUISSE VOUS RENSEIGNER ... JE CONNAIS TOUT LE MONDE, ICI ...
IL SE NOMME CAROLUS ... ÇA VOUS DIT QUELQUE CHOSE ?
CAROLUS ? NON ... JE VOIS PAS ...
UN SOLIDE GAILLARD ... ASSEZ JEUNE ... IL PORTE UN ÉTRANGE PENDENTIF AUTOUR DU COU ...
AH ! LUI ! JE SAVAIS PAS QU'IL S'APPELAIT CAROLUS ...
VOUS L'AVEZ DÉJÀ VU ?
OUI, IL VIENT SOUVENT ... MAIS PERSONNE PEUT SE VANTER DE LE CONNAÎTRE VRAIMENT ... IL EST PAS TRÈS CAUSANT ...
J'AIMERAIS LUI PARLER ... VOUS PENSEZ QUE C'EST POSSIBLE ?
SÛR ! S'IL EST LÀ, C'EST DANS LES DOUCHES QUE VOUS LE TROUVEREZ, AU FOND DU COULOIR ! Y PEUT PAS S'EMPÊCHER DE SE LAVER ... LA PROPRETÉ, C'EST UNE VRAIE MALADIE CHEZ LUI !
6

SNIF
SNIF
TU N'AS PAS ENCORE PRIS TA DOUCHE, ON DIRAIT ...
À MOINS QUE CE NE SOIT LA PUANTEUR DE CE LIEU QUI ENVAHISSE MES NARINES ...
QU'EST-CE QUE TU VEUX ?
7

TE PARLER ...
MOI SI !
JE SAIS QUE TU TRAÎNES AUTOUR DU THÉÂTRE DU VENT, CAROLUS ... ET JE SUIS VENU TE DEMANDER D'ARRÊTER !
JE N'AI PAS D'ORDRES À RECEVOIR DE TOI ...
JE N'AI RIEN À TE DIRE !
JE SAIS ... LES ORDRES, TU AS TOUJOURS PRÉFÉRÉ LES DONNER ... MAIS LES TEMPS ONT CHANGÉ ...
LE CONFORT DU PALAIS TE MANQUE, N'EST-CE PAS ? ... JE COMPRENDS ÇA ... TOUT CE LUXE DONT TU ÉTAIS ENTOURÉ ...
JE N'AI PAS CHOISI DE VIVRE COMME UN RAT !
ET MAINTENANT ... REGARDE AUTOUR DE TOI ! CONTEMPLE CET ENDROIT MISÉRABLE OÙ TU T'ES RÉFUGIÉ !
NE REJETTE PAS LA FAUTE SUR LES AUTRES, CAROLUS ! C'EST TON ORGUEIL QUI T'A MENÉ ICI ! C'EST TOI QUI AS TOUT GÂCHÉ !
REGARDE-TOI ! TU N'ES PLUS QU'UNE LOQUE ... TU T'ES LAISSÉ ALLER ALORS QUE TU AURAIS PU RECONSTRUIRE TA VIE DANS CE MONDE ...
CE MONDE NE M'INTÉRESSE PAS ! IL N'Y A QUE LA PIÈCE QUI COMPTE ET TU LE SAIS !
8

J'AI JOUÉ ... ET J'AI PERDU LA PREMIÈRE MANCHE ... MAIS JE REFUSE D'ABANDONNER LA PARTIE !
JE DOIS Y RETOURNER !
JE T'EN EMPÊCHERAI !
TU N'ES PAS DE TAILLE ! TU ES TROP VIEUX POUR FAIRE UN BON GARDIEN, ALESSANDRO ... UN JOUR, TA VIGILANCE TE TROMPERA ET CE JOUR-LÀ ...
CE JOUR-LÀ N'ARRIVERA PAS !
TU NE PEUX RIEN CONTRE MA VOLONTÉ !
AU PRIX DE MA VIE ...
... JE LA BRISERAI !
CECI N'EST QU'UN AVERTISSEMENT ! LA PROCHAINE FOIS, SOIS CERTAIN QUE JE N'ÉPARGNERAI PAS TA MISÉRABLE EXISTENCE ...
9

VOUS AVEZ TROUVÉ VOTRE AMI ? VOUS AVEZ PU LUI PARLER ?
OUI ... J'ESPÈRE QUE LE MESSAGE EST BIEN PASSÉ ...
10

LE MOMENT QUE VOUS ATTENDEZ TOUS EST ENFIN ARRIVÉ ...

LE DESTIN DU PEUPLE BASCULE AUJOURD'HUI ... LA MORT DE LA PRINCESSE MARQUE LA FIN DE LA TYRANNIE ...

AVEC LA DISPARITION D'AKATA, C'EST L'ESPOIR QUI RENAÎT DANS LES CŒURS ... LA CHALEUR SERA BIENTÔT DE RETOUR DANS TOUS LES FOYERS DU ROYAUME ...
11

L'HONNEUR DE LA DÉCAPITATION EST RÉSERVÉ À LA PRINCESSE ...
APRÈS L'EXÉCUTION, LES DEUX AUTRES SERONT PASSÉS AU FIL DE L'ÉPÉE ET JETÉS DANS LA FOSSE COMMUNE ...
À VOS ORDRES !
AVANCE !
N'AIE PAS PEUR, PRINCESSE ... CE N'EST QU'UN MAUVAIS MOMENT À PASSER ...
CROIS-EN MA VIEILLE EXPÉRIENCE ... TOUT DE SUITE APRÈS, TU TE SENTIRAS ...
... PLUS LÉGÈRE !
12

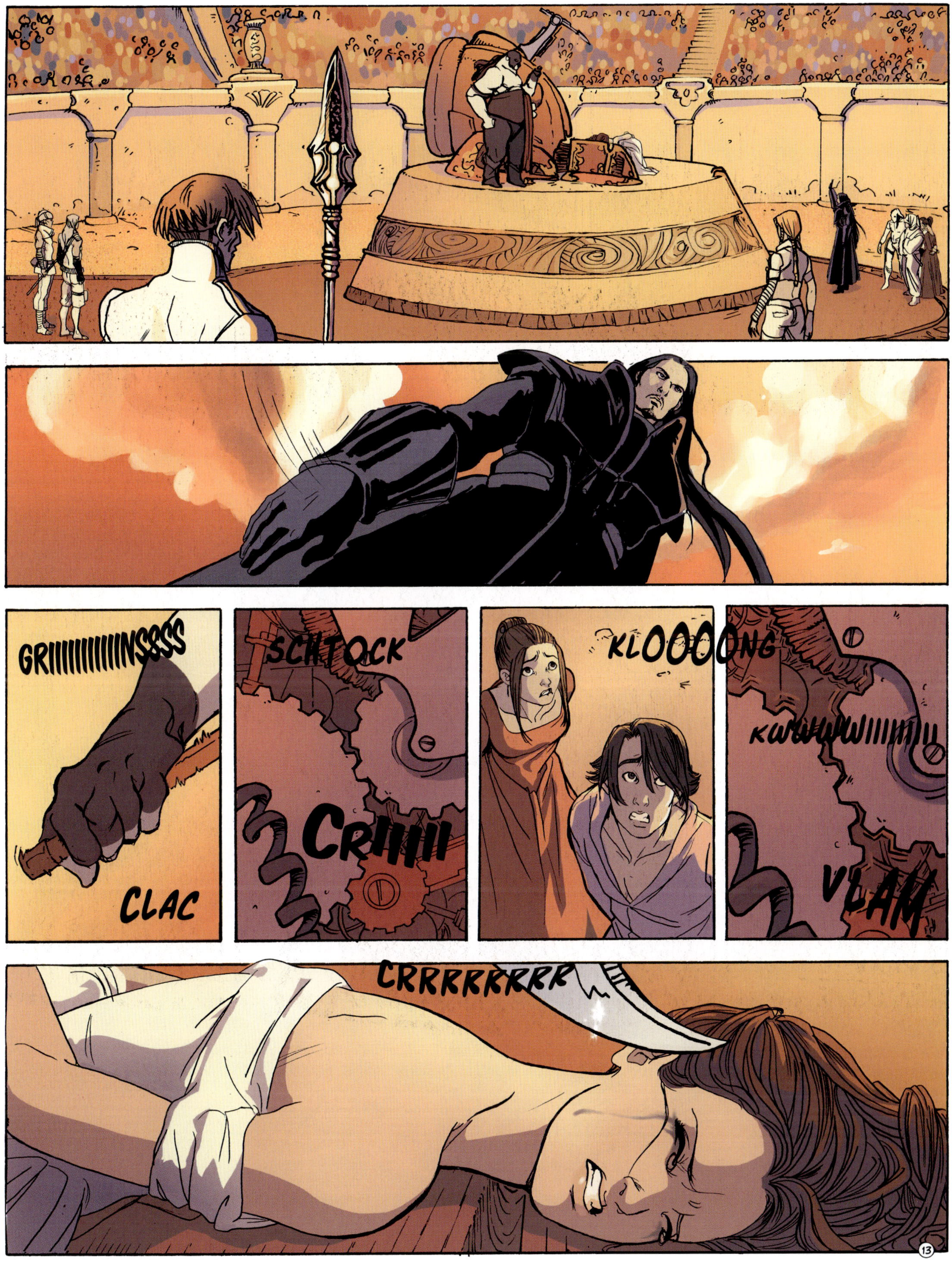
GRIIIIIIIIIIIINSSSS
CLAC
SCHTOCK
CRIIIII
KLOOOOONG
KWWWWIIIIIII!!
VLAM
CRRRRRRRR
13

TCHAK TCHAK TCHAK
AAAAAAHHHH
CRRRRAAK
TUUUUUNK
AUX AAAAARMES !
NOUS SOMMES ATTAQUÉS !!!

VOUS M'AVEZ SAUVÉ LA VIE ...
C'EST BIEN LA MOINDRE DES CHOSES QUE NOUS PUISSIONS FAIRE, PRINCESSE ...
... CAR C'EST VOUS QUI ALLEZ SAUVER LE ROYAUME !
MONTEZ VITE AVANT QU'ILS N'AIENT LE TEMPS DE FAIRE VENIR DES RENFORTS !
16

C'EST VRAIMENT DÉLICIEUX ...
C'EST CE QUE NOUS MANGEONS TOUS LES JOURS ... ON TROUVE CETTE NOURRITURE EN ABONDANCE DANS LES MONTAGNES ...
JE N'AVAIS JAMAIS RIEN GOÛTÉ DE SEMBLABLE ...
CE QUI EST EXOTIQUE POUR LES UNS EST ORDINAIRE POUR LES AUTRES ...
IL EN VA DE MÊME POUR LA POLITIQUE ... CE QUI SEMBLE UNE BONNE MANIÈRE DE GOUVERNER À CERTAINS N'EST QU'UNE PARODIE DE POUVOIR AUX YEUX DES AUTRES ...
17

AVANT DE PARLER POLITIQUE, J'AIMERAIS CONNAÎTRE LE NOM DE CELUI QUI M'A SOUSTRAITE À LA HACHE DU BOURREAU ...
C'EST VRAI ... JE MANQUE À TOUS MES DEVOIRS ... JE M'APPELLE PRAYA ... ET MA COMPAGNE SE NOMME NÉMYA ...
NOTRE ORGANISATION SE BAT POUR LE CHANGEMENT ...
LE VIEUX ROI, TON PÈRE, AKATA, NE POUVAIT PLUS GOUVERNER ... MAIS OKALYA N'EST RIEN D'AUTRE QU'UN TYRAN ...
OKALYA ? VOUS VOULEZ PARLER DE CET INDIVIDU VÊTU DE NOIR ?
OUI ... IL VEUT SE FAIRE PASSER POUR UN LIBÉRATEUR, MAIS AU FOND, IL NE CHERCHE QU'À IMPOSER SA PROPRE LOI !
IL EST AMBITIEUX ET AVIDE DE RICHESSE ! IL FERA RENDRE GORGE AU PEUPLE ... AVEC LUI, NOUS POUVONS DIRE ADIEU À NOS LIBERTÉS !
NOUS ESPÉRIONS BEAUCOUP DE TON ARRIVÉE, AKATA ...
... TU REPRÉSENTES NOTRE ESPOIR !
18

CRRRRRRRR
?!
OOOOOH !
QU'EST-CE QUE C'EST ?
J'EN ... J'EN SAIS RIEN ...
BONK
19

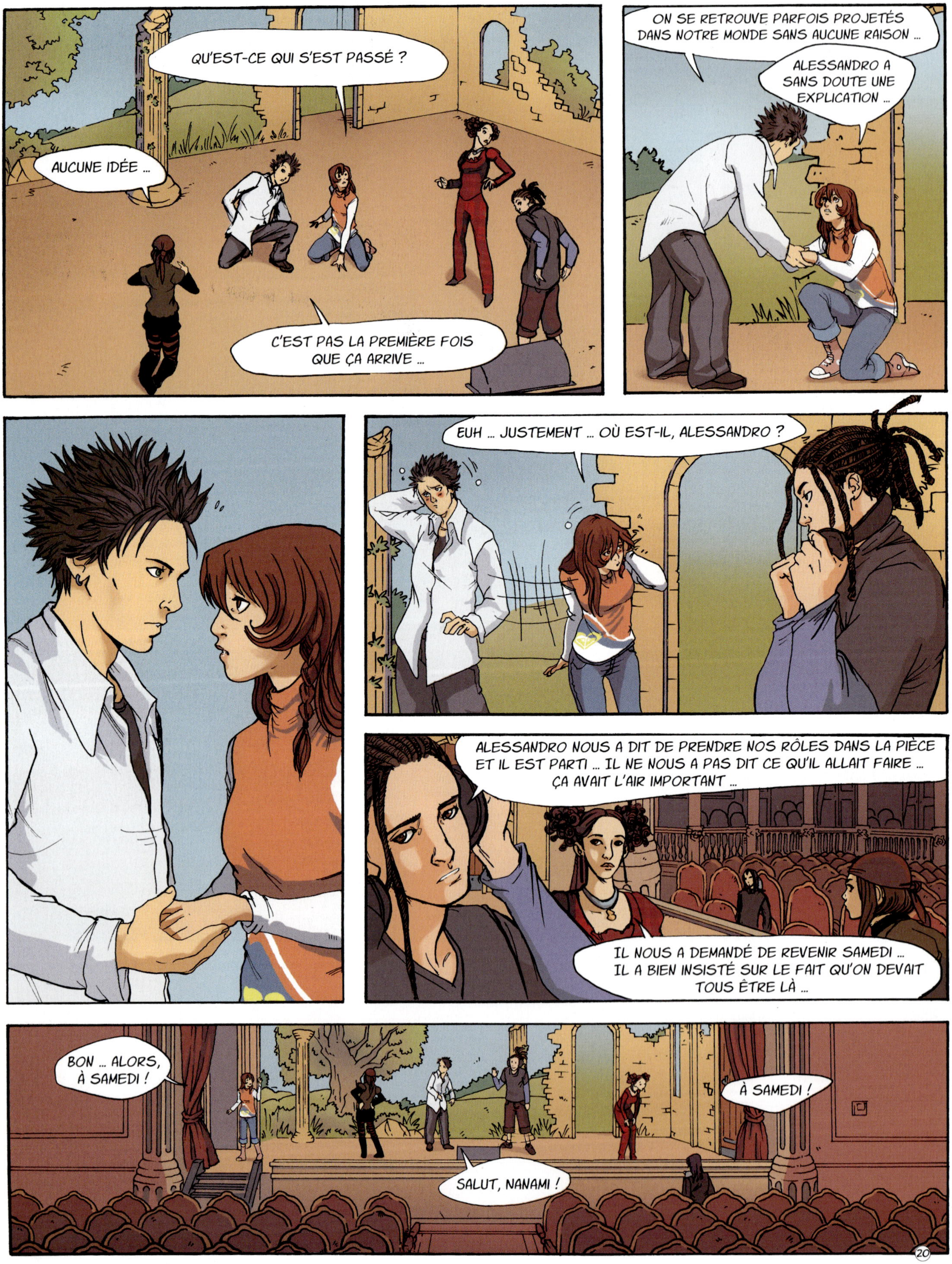
QU'EST-CE QUI S'EST PASSÉ ?
AUCUNE IDÉE ...
C'EST PAS LA PREMIÈRE FOIS QUE ÇA ARRIVE ...
ON SE RETROUVE PARFOIS PROJETÉS DANS NOTRE MONDE SANS AUCUNE RAISON ...
ALESSANDRO A SANS DOUTE UNE EXPLICATION ...
EUH ... JUSTEMENT ... OÙ EST-IL, ALESSANDRO ?
ALESSANDRO NOUS A DIT DE PRENDRE NOS RÔLES DANS LA PIÈCE ET IL EST PARTI ... IL NE NOUS A PAS DIT CE QU'IL ALLAIT FAIRE ... ÇA AVAIT L'AIR IMPORTANT ...
IL NOUS A DEMANDÉ DE REVENIR SAMEDI ... IL A BIEN INSISTÉ SUR LE FAIT QU'ON DEVAIT TOUS ÊTRE LÀ ...
BON ... ALORS, À SAMEDI !
À SAMEDI !
SALUT, NANAMI !
20

DÉJÀ NEUF HEURES ...
AÏE ! AÏE ! AÏE !
DISCRÉTION ...
DISCRÉTION ...
NANAMI !
OÙ ÉTAIS-TU ?
21

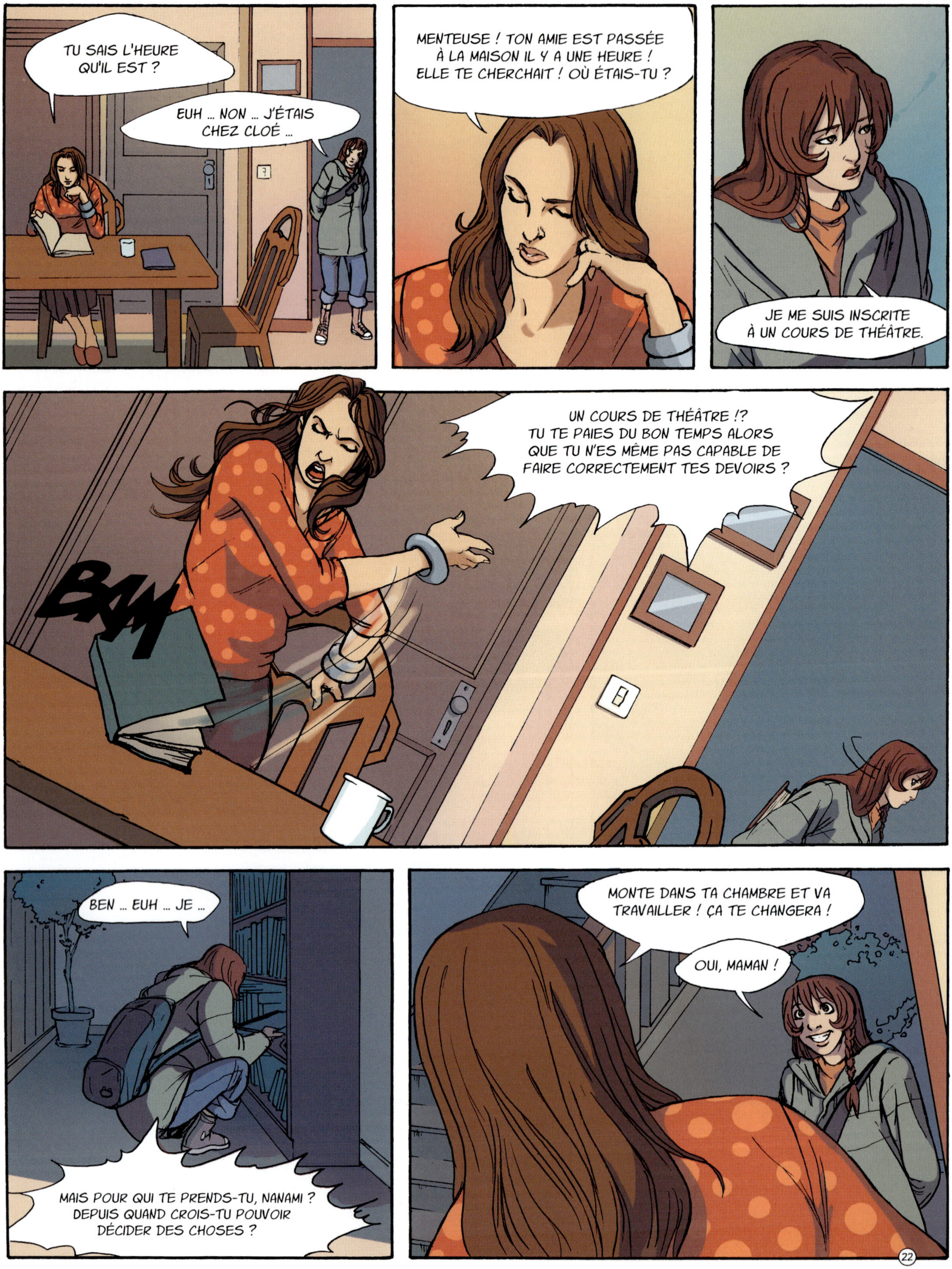
TU SAIS L'HEURE QU'IL EST ?
EUH ... NON ... J'ÉTAIS CHEZ CLOÉ ...
MENTEUSE ! TON AMIE EST PASSÉE À LA MAISON IL Y A UNE HEURE ! ELLE TE CHERCHAIT ! OÙ ÉTAIS-TU ?
JE ME SUIS INSCRITE À UN COURS DE THÉÂTRE.
UN COURS DE THÉÂTRE !? TU TE PAIES DU BON TEMPS ALORS QUE TU N'ES MÊME PAS CAPABLE DE FAIRE CORRECTEMENT TES DEVOIRS ?
BAM
BEN ... EUH ... JE ...
MAIS POUR QUI TE PRENDS-TU, NANAMI ? DEPUIS QUAND CROIS-TU POUVOIR DÉCIDER DES CHOSES ?
MONTE DANS TA CHAMBRE ET VA TRAVAILLER ! ÇA TE CHANGERA !
OUI, MAMAN !
22

TU PEUX DÉJÀ ESTIMER QUE LES COURS DE THÉÂTRE SONT FINIS POUR TOI !
OUI, MAMAN !
ET ATTENDS QUE JE PARLE DE TOUT ÇA À TON PÈRE ! IL VA ÊTRE RAVI !
OUI, MAMAN !
J'ESPÈRE QU'ELLE NE VERRA PAS LE LIVRE ...
LE ROYAUME INVISIBLE
APPEL CLOE
NANAMI ! TU ES RENTRÉE ? J'ÉTAIS INQUIÈTE ...
CLOÉ ? C'EST MOI ...
23

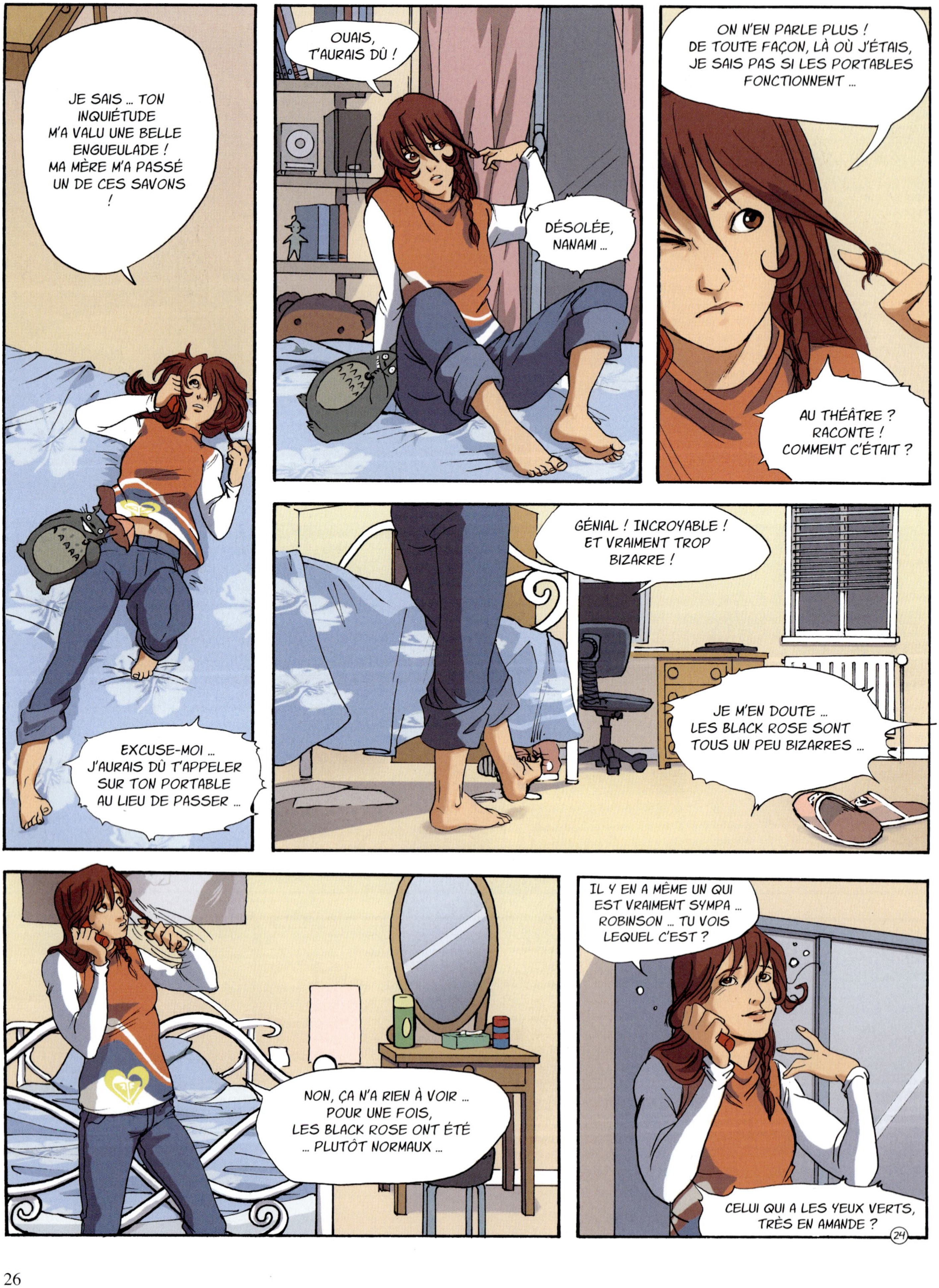
JE SAIS ... TON INQUIÉTUDE M'A VALU UNE BELLE ENGUEULADE ! MA MÈRE M'A PASSÉ UN DE CES SAVONS !
EXCUSE-MOI ... J'AURAIS DÛ T'APPELER SUR TON PORTABLE AU LIEU DE PASSER ...
OUAIS, T'AURAIS DÛ !
DÉSOLÉE, NANAMI ...
ON N'EN PARLE PLUS ! DE TOUTE FAÇON, LÀ OÙ J'ÉTAIS, JE SAIS PAS SI LES PORTABLES FONCTIONNENT ...
AU THÉÂTRE ? RACONTE ! COMMENT C'ÉTAIT ?
GÉNIAL ! INCROYABLE ! ET VRAIMENT TROP BIZARRE !
JE M'EN DOUTE ... LES BLACK ROSE SONT TOUS UN PEU BIZARRES ...
NON, ÇA N'A RIEN À VOIR ... POUR UNE FOIS, LES BLACK ROSE ONT ÉTÉ ... PLUTÔT NORMAUX ...
IL Y EN A MÊME UN QUI EST VRAIMENT SYMPA ... ROBINSON ... TU VOIS LEQUEL C'EST ?
CELUI QUI A LES YEUX VERTS, TRÈS EN AMANDE ?
24

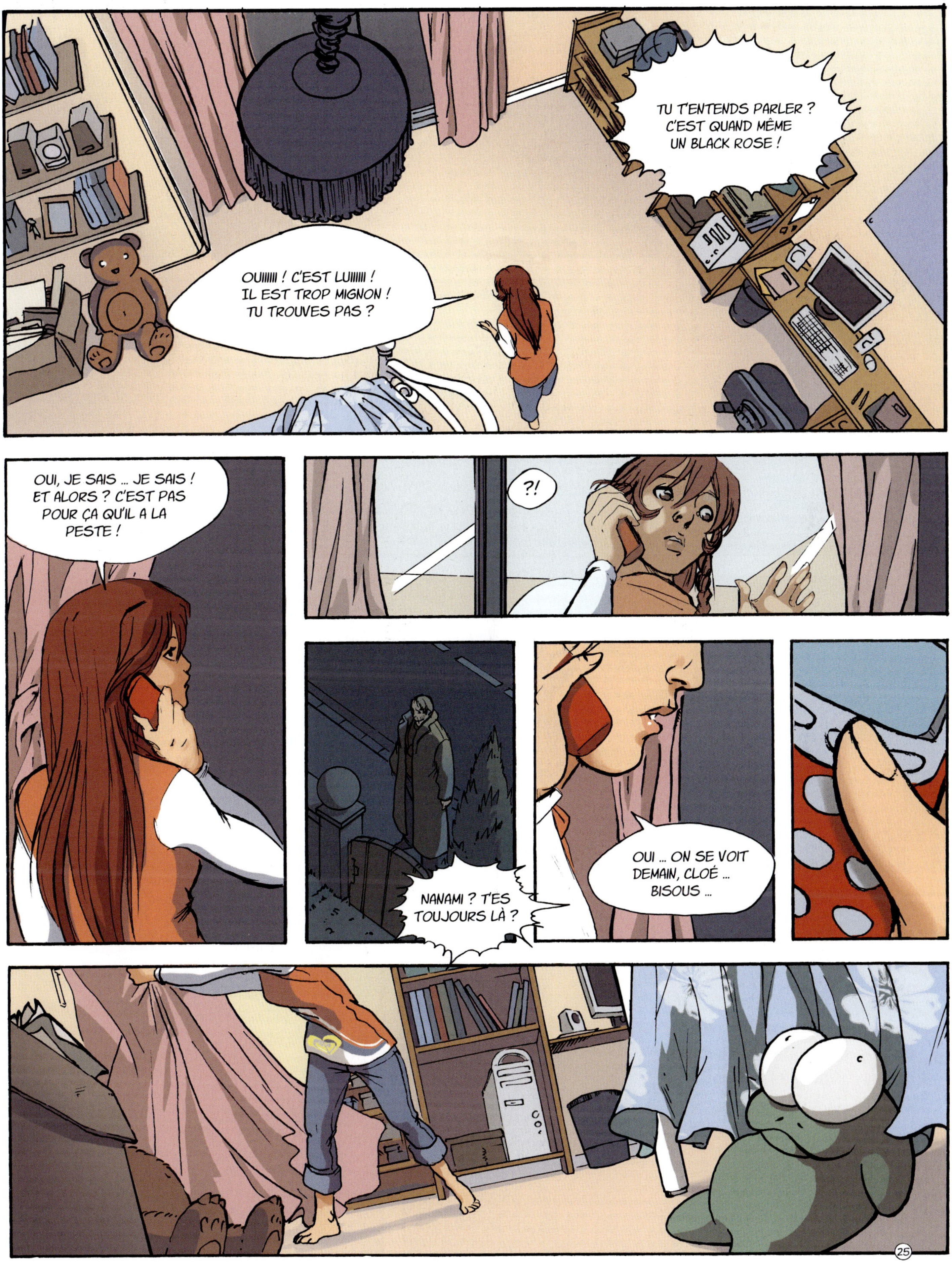
OUIIIIII ! C'EST LUIIIIII ! IL EST TROP MIGNON ! TU TROUVES PAS ?
TU T'ENTENDS PARLER ? C'EST QUAND MÊME UN BLACK ROSE !
OUI, JE SAIS ... JE SAIS ! ET ALORS ? C'EST PAS POUR ÇA QU'IL A LA PESTE !
?!
NANAMI ? T'ES TOUJOURS LÀ ?
OUI ... ON SE VOIT DEMAIN, CLOÉ ... BISOUS ...
25

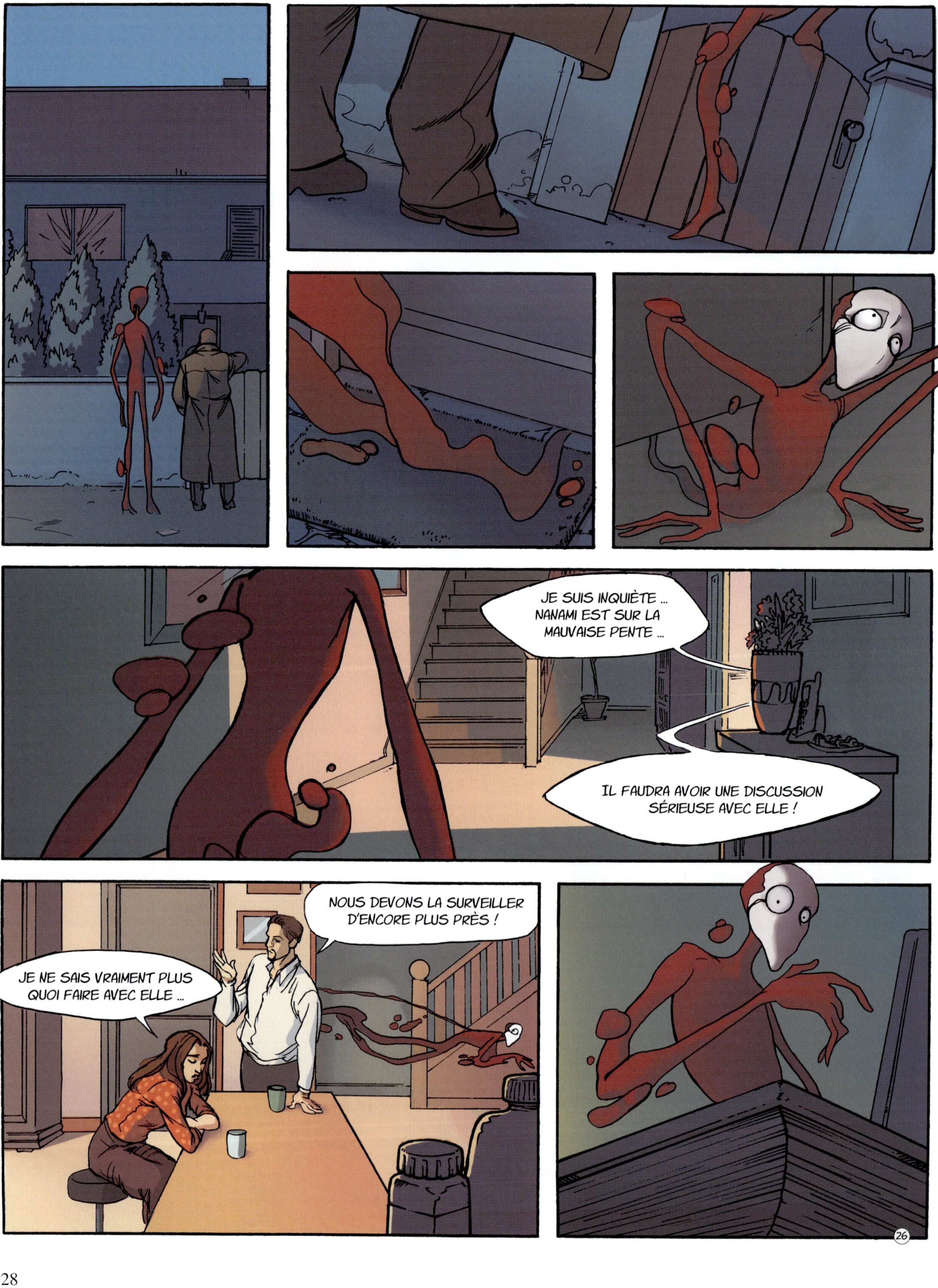
JE SUIS INQUIÈTE ...
NANAMI EST SUR LA MAUVAISE PENTE ...
IL FAUDRA AVOIR UNE DISCUSSION SÉRIEUSE AVEC ELLE !
JE NE SAIS VRAIMENT PLUS QUOI FAIRE AVEC ELLE ...
NOUS DEVONS LA SURVEILLER D'ENCORE PLUS PRÈS !
26

NANAMI !
QU'EST-CE QUE TU FAIS ENCORE DEBOUT À CETTE HEURE-CI ?
EUH ... JE TERMINE MES DEVOIRS POUR DEMAIN ... J'EN AI POUR CINQ MINUTES MAXI ... J'AVAIS BESOIN D'UN LIVRE POUR UNE RECHERCHE ...
27

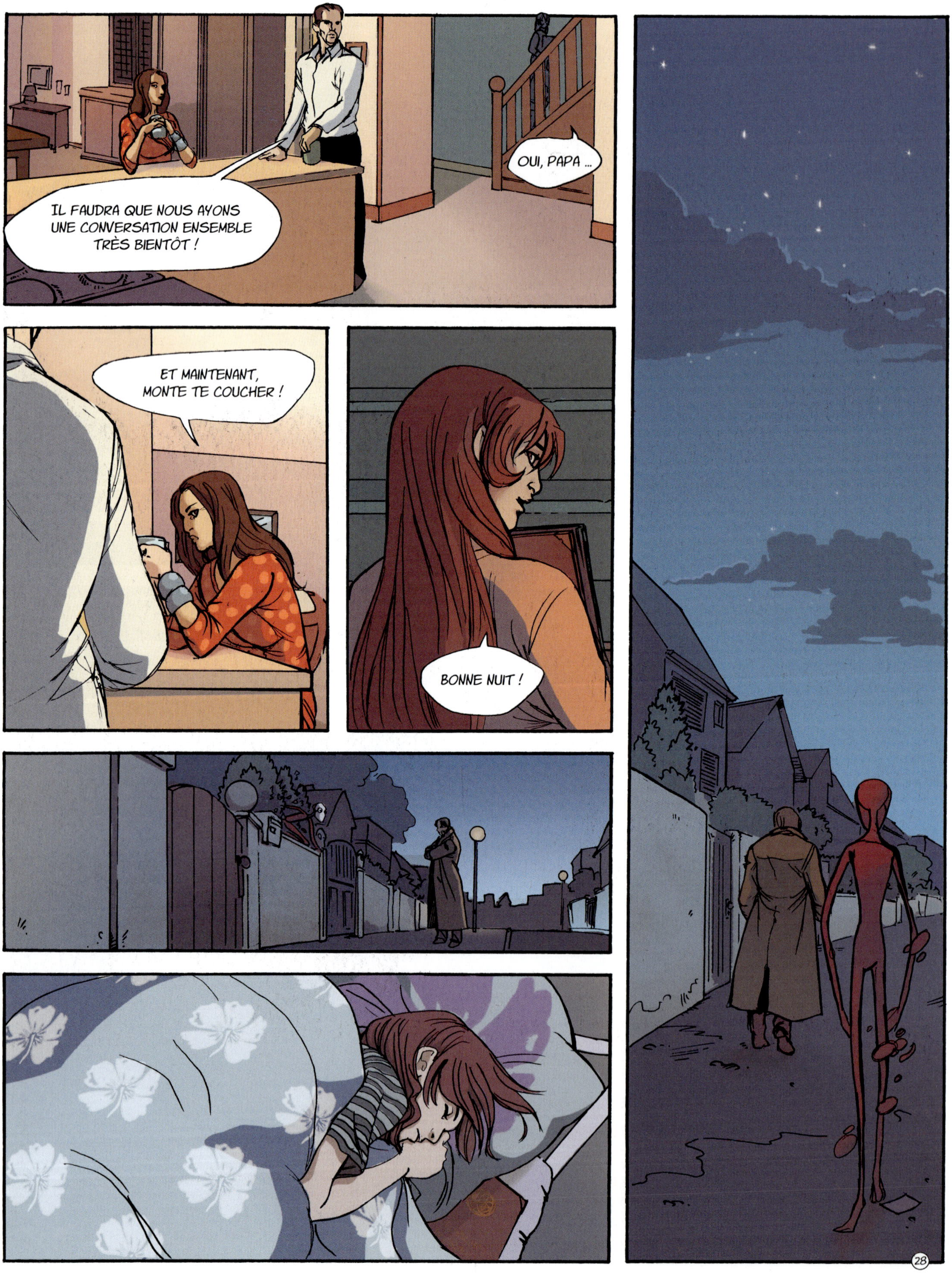
IL FAUDRA QUE NOUS AYONS UNE CONVERSATION ENSEMBLE TRÈS BIENTÔT !
OUI, PAPA ...
ET MAINTENANT, MONTE TE COUCHER !
BONNE NUIT !
28

LE LENDEMAIN ...
JE T'ASSURE, IL EST VRAIMENT ... DIFFÉRENT ...
QUI ÇA ?
QUELLE QUESTION ! ROBINSON ! RO - BIN - SON ! C'EST DE LUI QU'ON PARLE DEPUIS DIX MINUTES, JE TE SIGNALE !
TOI, MA VIEILLE, T'ES MAL BARRÉE SI TU TOMBES AMOUREUSE D'UN MEC COMME ÇA !
VISE UN PEU LA DÉGAINE ET LA MANIÈRE DE PARLER ! ON DIRAIT LE CROISEMENT D'UN CROQUE-MORT ET D'UNE BROSSE À W.-C. !
NE PARLE PAS SI FORT ! ET NE DÉFORME PAS CE QUE JE TE DIS ! JE NE T'AI JAMAIS DIT QUE J'ÉTAIS AMOUREUSE DE LUI !
29

ET ARRÊTE DE LES REGARDER COMME ÇA ! ILS VONT FINIR PAR S'EN APERCEVOIR ...
MAIS QUOI À LA FIN ? JE FAIS RIEN DE MAL, LÀ !
ET VOILÀ ! C'EST MALIN ! LES VOILÀ QUI SE POINTENT ... T'ES CONTENTE ?
OUPS !
ON PEUT SAVOIR CE QUE VOUS RACONTEZ, TOUTES LES DEUX ?
NOUS ? EUH ... RIEN ... ON CAUSAIT DU TEMPS QUI FAIT ... LA MÉTÉO ... TOUT ÇA ... LES CUMULUS, LES NIMBUS, ÇA NOUS PASSIONNE !
ON T'A SONNÉ LES CLOCHES, TOI ?
... EUH ... NON ... JE CROIS PAS ...
ALORS DÉGAGE !
GLUPS !
FAIS CE QU'IL DEMANDE, CLOÉ ... JE RISQUE RIEN ...
T'ES SÛRE ?
FAIS-MOI CONFIANCE ...
30

J'ESPÈRE QUE T'ÉTAIS PAS EN TRAIN DE LUI RACONTER CE QUI SE PASSE AU THÉÂTRE, À TA COPINE ?!
BIEN SÛR QUE NON !
FAUT RIEN DIRE À PERSONNE, C'EST COMPRIS ?
JE LE SAIS BIEN ! VOUS ME PRENEZ POUR QUI ?
TU VEUX LE SAVOIR ? ON TE PREND POUR UNE GROSSE NAZE QUI SE TRIMBALLE PARTOUT AVEC SON LIVRE !
OUAIS ! T'ES COMPLÈTEMENT CINGLÉE ! TU VAS TE LE FAIRE PIQUER !
JE ...
TU VAS TOUT GÂCHER !
DRRIIIIIIIIIIIIIIIIIIIIIN
T'AS CAPTÉ LE MESSAGE ?
OUI, J'AI COMPRIS ... MAINTENANT LÂCHE-MOI, JE DOIS ALLER EN COURS ...
31

NANAMI ? JE PEUX TE PARLER UN INSTANT ?
OUI, M'DAME !
JE SURVEILLAIS LA COUR TOUT À L'HEURE ET JE VOUS AI VUS ... TU AS DES ENNUIS AVEC CE GROUPE DE PUNKS ?
NON, M'DAME !
TU ES SÛRE ?
OUI ... ILS AIMENT BIEN NOUS FAIRE PEUR ... MAIS ILS NE NOUS ONT JAMAIS FAIT DE MAL ...
HMMM ... ET QU'EST-CE QUE C'EST, CE GROS LIVRE ?
IL N'EST PAS À MOI ... EUH ... C'EST QUELQU'UN QUI ME L'A CONFIÉ ...
AH OUI ? QUI DONC ?
EUH ... UN AMI ... UN AMI DE MES PARENTS ...
32

MAINTENANT ... EXCUSEZ-MOI, M'DAME, MAIS ... ON VA FINIR PAR ÊTRE EN RETARD !
NANAMI ! ATTENDS ! DONNE-MOI CE LIVRE !
QUOI ?
LE RÈGLEMENT DU COLLÈGE INTERDIT QU'ON APPORTE DES OBJETS EXTÉRIEURS À L'ÉTABLISSEMENT !
MAIS ...
EHHH !
NE DISCUTE PAS !
VOUS N'AVEZ PAS LE DROIT !
SI TU VEUX REVOIR TON LIVRE, IL FAUDRA EN FAIRE LA DEMANDE À L'ADMINISTRATION !
À PRÉSENT, DÉPÊCHE-TOI DE RENTRER EN COURS !
CLAC
33

LE SOIR, APRÈS LES COURS ...
T'ES SÛRE QUE ÇA VA, NANAMI ? T'AS PAS L'AIR TRÈS JOYEUSE !
NON ... ÇA VA ... JE SUIS JUSTE FATIGUÉE ...
QU'EST-CE QU'ELLE TE VOULAIT, LA PROF, TOUT À L'HEURE ?
RIEN ... ELLE S'INQUIÉTAIT POUR NOUS ...
POUR NOUS ?
OUI ... PAR RAPPORT AUX BLACK ROSE ... EST-CE QU'ON AVAIT DES PROBLÈMES AVEC EUX ... TOUT ÇA ...
T'AS DIT OUI, J'ESPÈRE ?!
J'AI DIT QUE TOUT ALLAIT BIEN ...
GÉNIAL ! ON EST HARCELÉES ET TRAUMATISÉES PAR UNE BANDE DE PSYCHOPATHES ET TOI, TU INFORMES L'AUTORITÉ COMPÉTENTE QUE TOUT BAIGNE !
QU'EST-CE QUE TU VOULAIS QUE JE DISE ?
JE SAIS PAS, MOI ! IL FALLAIT IMPROVISER ! C'EST PAS MOI QUI FAIS DU THÉÂTRE ! C'EST TOI, MA VIEILLE !
34

EH ! MATEZ UN PEU ! LA GAMINE N'A PLUS SON BOUQUIN SOUS LE BRAS !
LA LEÇON DE TOUT À L'HEURE A PORTÉ SES FRUITS !
ELLE S'EST ENFIN DÉCIDÉE À LE RANGER !
C'EST ÇA, HEIN ? TU L'AS PLANQUÉ ?
EUH ... OUI ... JE ... JE L'AI MIS DANS MON CASIER ...
QUOI ? MAIS ELLE EST TARÉE, CETTE FILLE ! LES CASIERS, N'IMPORTE QUI PEUT LES OUVRIR ! VA LE CHERCHER ET METS-LE EN LIEU SÛR !
TU VEUX QUE J'Y AILLE ?
JE ...
TE MÊLE PAS DE ÇA, TOI !
ET TOI, T'ES SOURDE OU QUOI ? TU M'AS PAS ENTENDUE ?
SI ...
ALORS T'ATTENDS QUOI POUR ALLER LE CHERCHER ?
35

C'EST BON, DJEMILA ... ELLE A COMPRIS ...
LE BUS EST LÀ ... ON SE TIRE D'ICI ...
OUAIS ... T'AS RAISON ! ÇA PUE LA NURSERIE !
ÇA VA, NANAMI ?
OUI ...
ELLE EST TARÉE, CETTE NANA !
J'AI SURTOUT L'IMPRESSION QU'ELLE A DU MAL À ME SUPPORTER ...
QU'EST-CE QUE C'EST QUE CETTE HISTOIRE DE BOUQUIN ? POURQUOI ILS EN FONT TOUT UN PLAT ?
JE T'EXPLIQUERAI, CLOÉ ... PROMIS ! MAIS MAINTENANT, FAUT QUE JE RENTRE SI JE NE VEUX PAS ENCORE ÊTRE EN RETARD À LA MAISON ...
36

QUELQUE PART DANS LA BANLIEUE OUEST ...
ENFIN ...
DEPUIS TOUT CE TEMPS ...
JE VAIS POUVOIR ACCÉDER À CE MONDE INTERDIT ...
... CE MONDE DONT JE DEVAIS FAIRE PARTIE, MOI AUSSI ...
37

NOOOOON !!!
38

BAM
SHHHH
39

JE VIENS DE RESSENTIR LA PRÉSENCE D'UN ESPRIT ... QUELQU'UN A OUVERT LE LIVRE ...
SEULS LES ESPRITS QUI PROTÈGENT LE SECRET DE LA PIÈCE POSSÈDENT SUFFISAMMENT DE PUISSANCE POUR QU'ON LES RESSENTE AUSSI NETTEMENT ...
MAIS LES ONDES QUE J'AI PERÇUES NE VENAIENT PAS DE CETTE MAISON ... ELLES VENAIENT DE BEAUCOUP PLUS LOIN ...
UN ESPRIT ...
DE PAR LÀ ...
SE POURRAIT-IL QUE NANAMI SE SOIT FAIT SUBTILISER LE LIVRE ?
SE POURRAIT-IL QUE CE SOIT ...
NON ... ÇA PARAÎT INSENSÉ ... MAIS IL FAUT QUE JE VÉRIFIE ...
40

TOI, PENDANT CE TEMPS, TU CONTINUES À CHERCHER DANS LA MAISON ... SANS TE FAIRE REMARQUER ...
TU SAIS QUE SI L'ŒIL D'UN HUMAIN SE POSE SUR UN ECTOPLASME DE SANG, IL DISPARAÎT INSTANTANÉMENT ...
SOIS PRUDENT !
ALESSANDRO SE FAIT VIEUX, IL N'IMAGINE PAS LE CADEAU QU'IL M'A FAIT EN M'INFLIGEANT CETTE BLESSURE ...
NANAMI EST RENTRÉE À L'HEURE AUJOURD'HUI ?
OUI, ELLE EST EN TRAIN DE FAIRE SES DEVOIRS ...
41

CRAAASSHH
?!
QU'EST-CE QUE C'ÉTAIT ?
SANS DOUTE LE CHAT ... ÇA VENAIT DU SALON ...
ET VOILÀ ! ENCORE UN VASE QUI A VÉCU !
42

INUTILE DE DEMANDER QUI EST COUPABLE ! UN COUP COMME ÇA, C'EST SIGNÉ MOÏRA !
SALE BÊTE ! OÙ EST-ELLE PASSÉE ?
TU PENSES BIEN QU'ELLE NE NOUS A PAS ATTENDUS POUR FILER SE CACHER !
NANAMI POURRAIT S'OCCUPER UN PEU MIEUX DE CET ANIMAL !
JE SUIS BIEN D'ACCORD AVEC TOI !
BLINK
BLENG
SCHLONK
CRAAASSH
MAIS QU'EST-CE QUE ...
ELLE EXAGÈRE, LÀ !
ÇA NE VA PAS SE PASSER COMME ÇA !
43

ALESSANDRO AVAIT RAISON ...
... SEULS LES INITIÉS PEUVENT OUVRIR CE LIVRE SANS DANGER ...
... SEULS CEUX QUI ONT UN RÔLE À JOUER ...
J'AVAIS UN RÔLE À JOUER ...
... IL N'Y A PAS SI LONGTEMPS ...
QUELQUES ANNÉES, SEULEMENT ...
JE DEVAIS INCARNER UNE PRINCESSE ...
44

... LA PRINCESSE AKATA ... ET JE DEVAIS SAUVER LE ROYAUME DE MON PÈRE ...
QUE SE PASSE-T-IL ? POURQUOI ON NE JOUE PAS ?
NOUS AVONS UN PROBLÈME, AMANDINE ...
UN PERSONNAGE DE LA PIÈCE A TRAHI ... NOUS NE POUVONS PLUS CONTINUER ...
COMMENT ÇA ?
IL N'A PAS RESPECTÉ LE RÔLE QUI ÉTAIT ÉCRIT POUR LUI ... IL A VOULU S'EMPARER DU POUVOIR ...
NOUS AVONS ÉTÉ OBLIGÉS DE LE BANNIR ... CE N'EST PAS UNE DÉCISION FACILE À PRENDRE, TU T'EN DOUTES ...
MAIS TOUT EST RENTRÉ DANS L'ORDRE, N'EST-CE PAS ?
HÉLAS NON ... L'ÉQUILIBRE DE LA PIÈCE EST FRAGILE ...
IL FAUDRA ATTENDRE UN CERTAIN TEMPS AVANT QUE TOUT REDEVIENNE COMME AVANT ...
COMBIEN DE TEMPS ?
45

JE NE SAIS PAS EXACTEMENT ... CE N'EST PAS MOI QUI DÉCIDE ...
NE MENS PAS, ALESSANDRO ! TU SAIS ! COMBIEN DE TEMPS AVANT DE POUVOIR JOUER À NOUVEAU ?
CERTAINEMENT PLUSIEURS ANNÉES ...
PLUSIEURS ANNÉES ...
CE TRAÎTRE AVAIT TOUT GÂCHÉ !
COMMENT S'APPELAIT-IL DÉJÀ ?
AH OUI ! CAROLUS ...
À CAUSE DE LUI, LES RÉPÉTITIONS ONT ÉTÉ INTERROMPUES PENDANT 10 ANS ...
LORSQUE TOUT EST RENTRÉ DANS L'ORDRE, IL ÉTAIT TROP TARD ...
J'ÉTAIS DÉJÀ TROP VIEILLE POUR LE RÔLE ...
46

LE ROYAUME INVISIBLE
C'EST DONC NANAMI QUI A ÉTÉ CHOISIE ... J'AI TOUT DE SUITE RECONNU LE LIVRE ... JE L'AI TELLEMENT ESPÉRÉ ...
LA SEULE IDÉE QU'UNE AUTRE AIT PRIS MA PLACE ME REND FOLLE ...
JE NE SAIS PAS CE QUI ME RETIENT DE LE DÉTRUIRE ...
OW !
LE ROYAUME INVISIBLE
47

C'EST UNE CATASTROPHE, MOÏRA ! UNE CATASTROPHE !
Le disque : périmètre et surface
QUE VA DIRE ALESSANDRO ?
MIAOU !
TU CROIS ? MOI, ÇA M'ÉTONNERAIT QU'IL SE CONTENTE D'UN SIMPLE « MIAOU » !
TU TE RENDS COMPTE, MOÏRA ? ALESSANDRO ME FAISAIT CONFIANCE ! ...
... QUAND JE VAIS LUI ANNONCER QUE JE N'AI PLUS LE LIVRE, IL VA ... IL VA ME ...
... OH ! JE N'OSE MÊME PAS PENSER À CE QU'IL VA ME FAIRE !
ET PUIS, CE N'EST PAS TOUT ... COMMENT EST-CE QUE JE VAIS APPRENDRE MON RÔLE POUR SAMEDI ?
MIAOU !

OUI, JE SAIS ... « MIAOU » ! DE TOUTE FAÇON, LES PARENTS M'ONT INTERDIT DE RETOURNER AU THÉÂTRE ... MAIS JE TROUVERAI BIEN UN MOYEN !
NANAMI ! DESCENDS TOUT DE SUITE ! VIENS CHERCHER TON CHAT !
?!
MOÏRA EST DÉJÀ AVEC MOI, MAMAN !
ET JE TE PROMETS QUE SI ÇA CONTINUE COMME ÇA, JE LA DONNE À LA SPA !
ALORS VIENS NETTOYER SES BÊTISES !
49

FSSSSHHHH
RRRRRRRRR
MAAAAOOOWWW
BONK
50

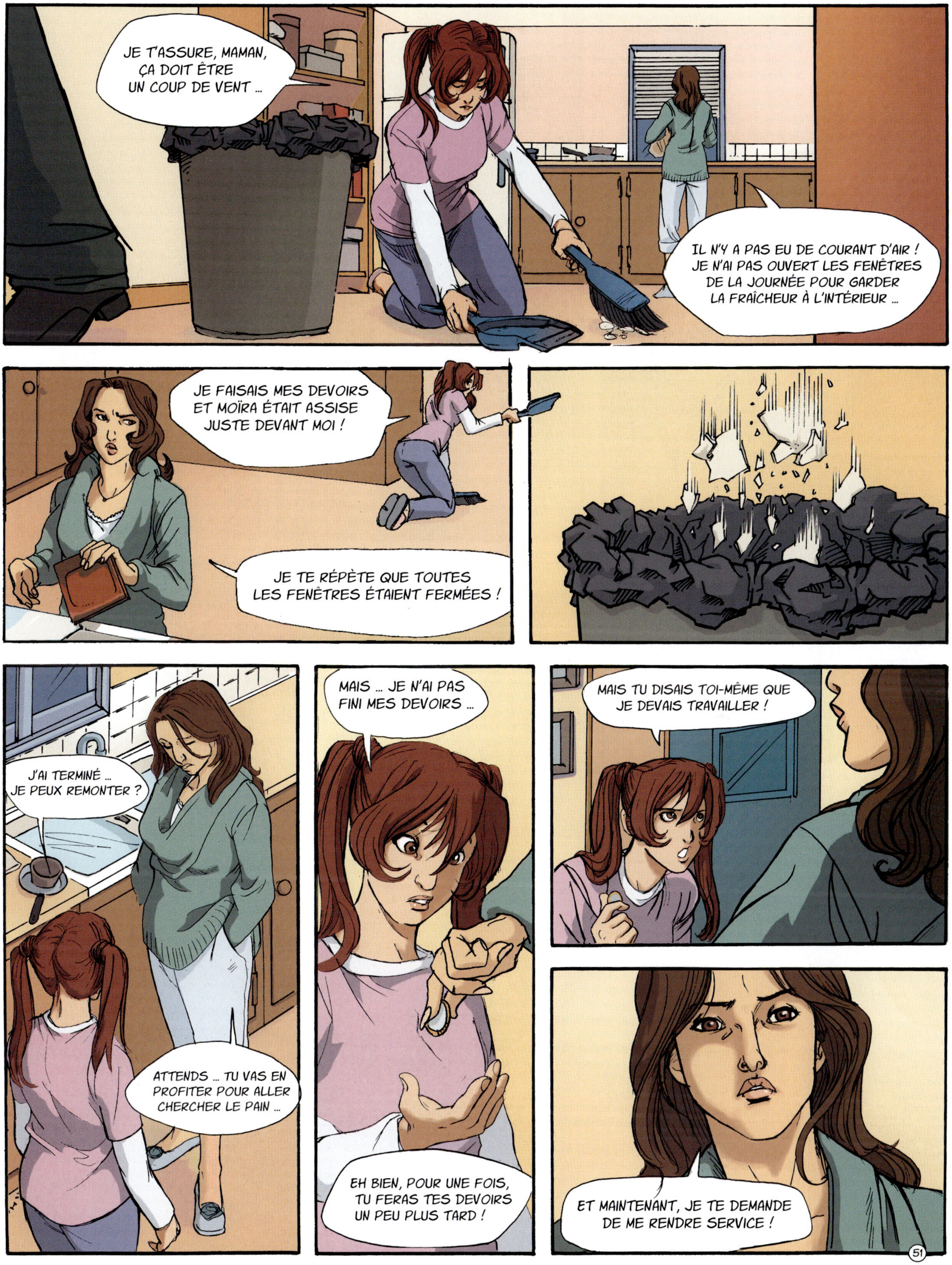
JE T'ASSURE, MAMAN, ÇA DOIT ÊTRE UN COUP DE VENT ...
IL N'Y A PAS EU DE COURANT D'AIR ! JE N'AI PAS OUVERT LES FENÊTRES DE LA JOURNÉE POUR GARDER LA FRAÎCHEUR À L'INTÉRIEUR ...
JE FAISAIS MES DEVOIRS ET MOÏRA ÉTAIT ASSISE JUSTE DEVANT MOI !
JE TE RÉPÈTE QUE TOUTES LES FENÊTRES ÉTAIENT FERMÉES !
J'AI TERMINÉ ... JE PEUX REMONTER ?
ATTENDS ... TU VAS EN PROFITER POUR ALLER CHERCHER LE PAIN ...
MAIS ... JE N'AI PAS FINI MES DEVOIRS ...
EH BIEN, POUR UNE FOIS, TU FERAS TES DEVOIRS UN PEU PLUS TARD !
MAIS TU DISAIS TOI-MÊME QUE JE DEVAIS TRAVAILLER !
ET MAINTENANT, JE TE DEMANDE DE ME RENDRE SERVICE !
51

ALLER JUSQU'À LA BOULANGERIE, CE N'EST PAS LA MER À BOIRE, QUAND MÊME ?!
C'EST BON ! J'Y VAIS !
PRENDS DEUX BAGUETTES !
OUI, MAMAN !
ET DÉPÊCHE-TOI !
GNAGNAGNA !
COMME SI J'AVAIS QUE ÇA À FAIRE !
52

MERCI ! AU REVOIR !
ET VOILÀ ... 15 QUI FONT 2, MADAME BARDINET ...
ET POUR LA DEMOISELLE, QU'EST-CE QUE CE SERA ?
UNE BAGUETTE, S'IL VOUS PLAÎT ...
EUH NON ! DEUX ! OUI, C'EST ÇA ... DEUX BAGUETTES !
PAS TROP CUITES ...
... ENFIN, JE CROIS ...
ALORS, BIEN CUITES OU PAS TROP CUITES ?
COMME VOUS VOULEZ ... ÇA N'A PAS D'IMPORTANCE ...
53

ET VOILÀ ... DEUX BAGUETTES MOYENNEMENT CUITES, COMME ÇA, TOUT LE MONDE EST CONTENT ! ÇA FERA 1 EURO 40 ...
MERCI ... AU REVOIR !
EH, DEMOISELLE ! VOUS OUBLIEZ VOTRE MONNAIE !
HEIN ? QUOI ?
AH OUI ... LA MONNAIE ...
MERCI !
AU REVOIR !
JAMAIS VU UNE GAMINE AUSSI ÉTOURDIE !
SES PARENTS DOIVENT AVOIR BIEN DU SOUCI !
À LA VOIR, ON A PLUTÔT L'IMPRESSION QU'ELLE HABITE SUR LA PLANÈTE MARS !
ÇA, JE VOUS LE GARANTIS ! JE LA CONNAIS BIEN, ELLE HABITE DANS MA RUE ... LA MAISON JUSTE EN FACE !
BOULANGERIE PÂTISSERIE
AHAHAHA !
MARKET

BANDE DE VIEILLES CHOUETTES !
ELLES SE DONNENT DE GRANDS AIRS ET VEULENT FAIRE LA MORALE À TOUT LE MONDE ... MAIS TOUT CE QU'ELLES SONT CAPABLES DE FAIRE, C'EST SE GOINFRER DE PÂTISSERIES !
TU AS MILLE FOIS RAISON, NANAMI ! ...
?!
... LES GENS JUGENT TOUJOURS MIEUX LES AUTRES QU'EUX-MÊMES !
ENCORE VOUS ? QU ... QU'EST-CE QUE VOUS ME VOULEZ ?
TE PARLER ...
... DE ÇA ...
OÙ ... OÙ ... OÙ L'AVEZ-VOUS TROUVÉ ? COMMENT AVEZ-VOUS FAIT ?
QU'IMPORTE ... TU DEVRAIS PRENDRE UN PEU PLUS SOIN DE TES PETITES AFFAIRES, NANAMI ... SURTOUT DES AFFAIRES COMME CELLE-CI ... NE PAS LES LAISSER ENTRE N'IMPORTE QUELLES MAINS ...
QUI ÊTES-VOUS ?
55

OÙ ... QUI ... COMMENT ... TOUT ÇA N'EST GUÈRE IMPORTANT ... CE QUI COMPTE, C'EST POURQUOI ...
C'EST POUR TOI QUE J'AI RÉCUPÉRÉ CE LIVRE, NANAMI ...
POUR MOI ?
OUI ... ET UN PEU POUR MOI, AUSSI ... POUR QUE NOUS PUISSIONS ENFIN PARVENIR À NOUS ENTENDRE ...
AS-TU DÉJÀ VU UN OBJET COMME CELUI-CI ?
NON ... QU'EST-CE QUE C'EST ?
C'EST TOUT CE QUI ME RESTE ... LA GARDE DE MON SABRE ... LE SABRE QU'ILS M'ONT VOLÉ ...
QUI ÇA ? QUI VOUS L'A VOLÉ ?
LE ROYAUME INVISIBLE
TU SAIS COMME MOI CE QUI SE PASSE AU THÉÂTRE DU VENT, NANAMI ... JE N'AI PAS BESOIN DE TE FAIRE UN DESSIN ... CE LIVRE EST LA PIERRE ANGULAIRE DE LA PIÈCE ET ALESSANDRO EN A BESOIN !
SANS CE LIVRE, LE MONDE DANS LEQUEL IL T'ENVOIE PEUT S'ÉCROULER ET DISPARAÎTRE !
JE L'IGNORAIS ...
56

ALESSANDRO A CONFIANCE EN TOI ... TU ES LA SEULE À POUVOIR L'AIDER ... ET JE SAIS QUE CE N'EST PAS FACILE ... MAIS JE PEUX TE PRÊTER MAIN-FORTE !
VOUS CONNAISSEZ ALESSANDRO ?
OUI ... C'EST UN HOMME FIER ... MAIS IL NE PEUT PAS TOUT RÉUSSIR SEUL ... IL A BESOIN DE MOI ! ET TOI AUSSI, NANAMI, TU AS BESOIN DE MOI ...
JE SAIS QUE LA DERNIÈRE FOIS, TU AS EU PEUR ... LORSQUE TU AS VOULU REVENIR DANS TON MONDE, TU N'AS PAS PU !
C'EST VRAI ... J'AI CRU QUE NOUS ALLIONS RESTER COINCÉS ...
J'AIMERAIS FAIRE UN MARCHÉ AVEC TOI ...
QUEL GENRE DE MARCHÉ ?
TON LIVRE CONTRE MON SABRE ...
57

RÉFLÉCHIS ... C'EST DANS TON INTÉRÊT ! JE POURRAIS RENDRE LE LIVRE DIRECTEMENT À ALESSANDRO MAIS IL SAURAIT ALORS QUE TU L'AS PERDU ... ET LA CONFIANCE QU'IL A PLACÉE EN TOI S'ENVOLERAIT ...
MAIS ...
COMMENT JE PEUX TROUVER VOTRE SABRE ?
IL EST QUELQUE PART DANS LE CHÂTEAU ... JE TE FAIS CONFIANCE, NANAMI, TU TE DÉBROUILLERAS ... ET EN RÉCOMPENSE, JE TE DONNERAI UNE INFORMATION IMPORTANTE ...
UNE INFORMATION ?
LE MOYEN DE QUITTER LA PIÈCE QUAND TU LE DÉSIRERAS ... CE QUI TE DONNERA UN AVANTAGE SUR LES AUTRES !
CHAQUE SOIR, JE VIENDRAI T'ATTENDRE SUR CE PONT JUSQU'À CE QUE NOUS AYONS FAIT L'ÉCHANGE ... À BIENTÔT, NANAMI !
ATTENDEZ !
J'AI BESOIN DU LIVRE POUR APPRENDRE MON RÔLE ...
58

UNE HEURE ET DEMIE POUR ALLER CHERCHER LE PAIN ...
TU T'ES PERDUE EN ROUTE ? TU NE CONNAIS PAS LE CHEMIN ?
JE ...
SILENCE ! JE NE VEUX PLUS ENTENDRE DE MENSONGES !
TU VAS REMONTER LÀ-HAUT ET METTRE DE L'ORDRE DANS TA CHAMBRE ! JE N'AI JAMAIS VU UN BAZAR PAREIL !
HEIN ? JE VENAIS JUSTE DE TOUT RANGER !
FAIS CE QUE JE TE DIS !
MOÏRA ? T'ES LÀ ?
MOÏRA ?
59

SAMEDI, DANS L'APRÈS-MIDI ...
OH ! S'IL TE PLAÎT, CLOÉ ...
JE T'EN PRIE ! TU PEUX BIEN ME RENDRE CE SERVICE !
OUI, JE SAIS QUE TU M'AS DÉJÀ RENDU DES MILLIERS DE SERVICES ! MAIS JE TE JURE QUE C'EST LA DERNIÈRE FOIS !
JE LEUR AI DIT QU'ON TRAVAILLAIT CHEZ TOI SUR UN EXPOSÉ ...
SI JAMAIS MA MÈRE APPELLE POUR VÉRIFIER, TU LUI DIS QUE JE SUIS AUX TOILETTES ET QUE JE PEUX PAS LUI PARLER, O.K. ?
JE SAIS, LE MENSONGE, C'EST PAS TA SPÉCIALITÉ ... MAIS C'EST POUR LA BONNE CAUSE, HEIN ?
AU FAIT, TU SAIS QUOI ? MOÏRA A DISPARU !
DEPUIS JEUDI ... JE NE COMPRENDS PAS ... ELLE NE S'ÉTAIT JAMAIS ENFUIE ...
JE SUIS INQUIÈTE ... ÇA FAIT DÉJÀ DEUX NUITS !
60

BON, JE COMPTE SUR TOI, CLOÉ ! T'ES UN AMOUR ! TU ME SAUVES LA VIE ! BISOU !
ON SE DÉPÊCHE !
DÉSOLÉ DE VOUS PRESSER DE LA SORTE, JEUNES GENS, MAIS NOUS AVONS PRIS DU RETARD SUR LES RÉPÉTITIONS ET NOUS SOMMES OBLIGÉS D'ACCÉLÉRER LA CADENCE ...

RACONTEZ-MOI TOUT ... COMMENT S'EST PASSÉE LA DERNIÈRE SCÈNE ? OÙ EN ÊTES-VOUS ?
ON A ÉCHAPPÉ À LA MORT DE JUSTESSE !
IL Y A EU UN COUP D'ÉTAT ... NIVA, AKATA ET YAMANÉ ONT ÉTÉ FAITS PRISONNIERS ...
ON A ÉTÉ SAUVÉS PAR UN GROUPE DE RÉSISTANTS ...
PARFAIT ... CE QUI SIGNIFIE QUE NOUS AVONS ATTEINT UN TOURNANT IMPORTANT DE NOTRE HISTOIRE ...
DE VOTRE ATTITUDE D'AUJOURD'HUI VA DÉPENDRE L'AVENIR DE CE MONDE ... JE COMPTE SUR VOUS TOUS ...
... ET JE COMPTE SURTOUT BEAUCOUP SUR TOI, NANAMI ...
TOUT LE MONDE EST PRÊT ? ALORS, ALLONS-Y ! NOUS AVONS DU TRAVAIL !
LA SEMAINE DERNIÈRE, VOUS N'ÉTIEZ PAS LÀ QUAND NOUS SOMMES RENTRÉS ...
EN EFFET ... J'AVAIS UNE AFFAIRE URGENTE À RÉGLER ...
62

D'AILLEURS, À CE PROPOS, J'AI UNE QUESTION À VOUS POSER ... L'UN D'ENTRE VOUS A-T-IL APERÇU UN VAGABOND TRAÎNANT AUTOUR DU THÉÂTRE CES DERNIERS JOURS ?
UN VAGABOND ? OUI, IL Y EN A SOUVENT UN SUR LE BANC PRÈS DU PARC ...
JE L'AI VU AUSSI ! C'EST UN IVROGNE ... ET IL PUE !
NANAMI ? TU L'AS APERÇU, TOI AUSSI ?
MOI ? EUH ...
NON ... NON, JE NE L'AI PAS VU ...
QUOI QU'IL ARRIVE, IL EST TRÈS IMPORTANT DE NE PAS LUI ADRESSER LA PAROLE ! ET S'IL VOUS PARLE, NE LUI RÉPONDEZ PAS, C'EST BIEN COMPRIS ? JE VOUS L'INTERDIS !
BON ! CHACUN CONNAÎT SON RÔLE ? ON PEUT Y ALLER ?
EH BIEN ... JE ...
OUI, NANAMI ?
JE ... C'EST-À-DIRE QUE ... JE N'AI PAS ... EUH ... PAS EU LE TEMPS DE L'APPRENDRE ... ET ...
TU ME DÉÇOIS, NANAMI ... J'ESPÈRE QUE ÇA NE SE REPRODUIRA PAS !
63

MAIS BON ! JE SAIS QUE TU AS BEAUCOUP DE QUALITÉS ... JE SUIS SÛR QUE TU ES CAPABLE DE T'EN SORTIR ... JE TE FAIS CONFIANCE !
TOUT LE MONDE EN PLACE !
64

À L'ATTAAAAAAAAAAQUE !
BAM
65

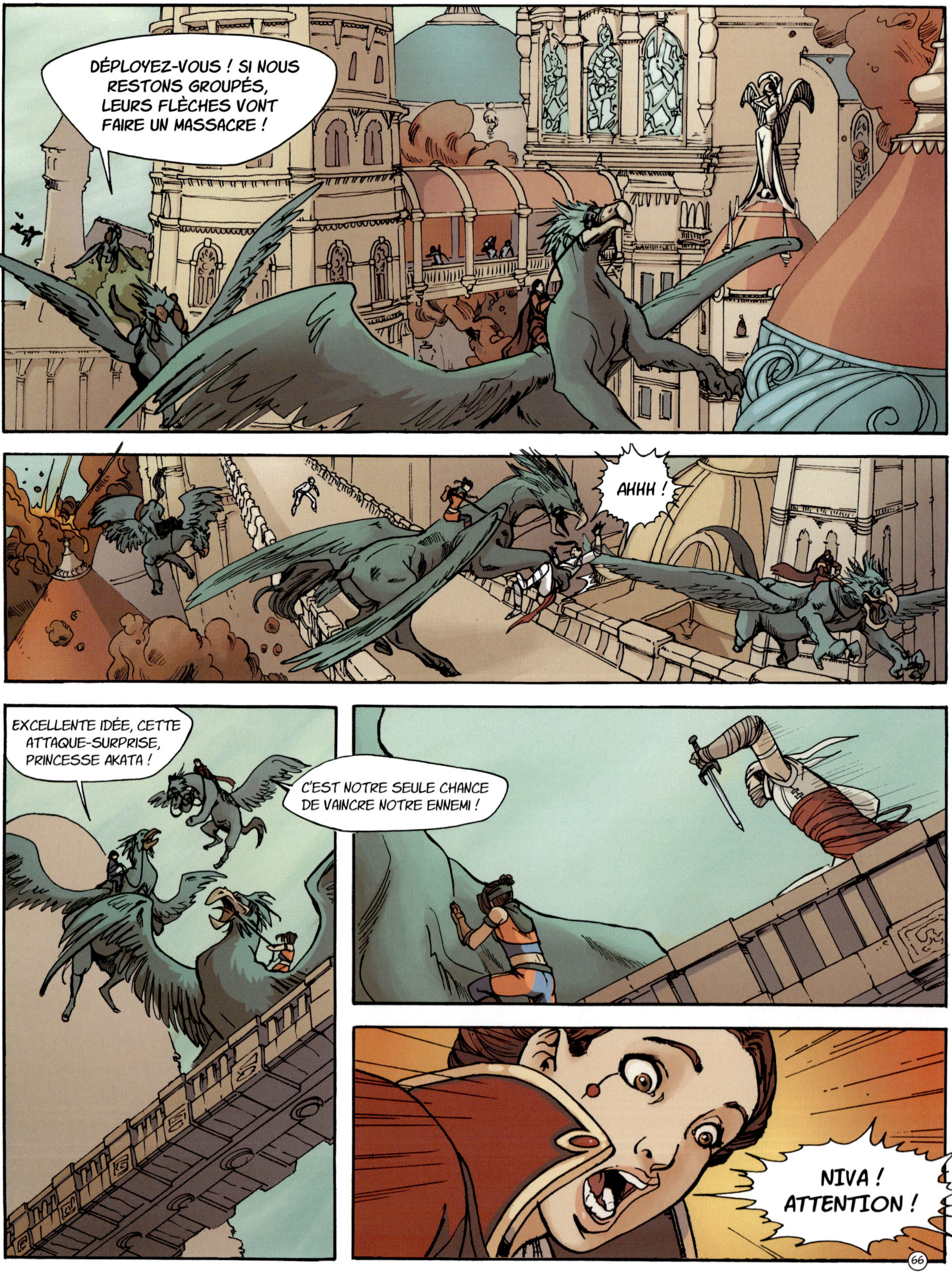
DÉPLOYEZ-VOUS ! SI NOUS RESTONS GROUPÉS, LEURS FLÈCHES VONT FAIRE UN MASSACRE !
AHHH !
EXCELLENTE IDÉE, CETTE ATTAQUE-SURPRISE, PRINCESSE AKATA !
C'EST NOTRE SEULE CHANCE DE VAINCRE NOTRE ENNEMI !
NIVA ! ATTENTION !
66

CHTONK
AAAAAH
À PRÉSENT, SÉPARONS-NOUS !
J'AIME AUTANT RESTER À VOS CÔTÉS, POUR VOUS PROTÉGER !
JE T'EN SUIS RECONNAISSANTE, YAMANÉ ... HÉLAS ! NOUS N'AVONS PAS LE CHOIX ! NOTRE VICTOIRE DÉPEND DE NOTRE MOBILITÉ !
67

ON SE RETROUVE À LA SALLE DU TRÔNE LORSQUE NOS ADVERSAIRES AURONT TOUS ÉTÉ FAITS PRISONNIERS !
BONNE CHANCE, PRINCESSE ! ESSAYEZ DE RESTER EN VIE !
SOIS PRUDENT, TOI AUSSI !
ET MAINTENANT ... ESSAYONS DE DEVINER OÙ SE TROUVE LA LAME DU MYSTÉRIEUX VAGABOND ...
68

AÏE ! DU MONDE !
INUTILE D'ESSAYER DE DISCUTER ... JE VAIS DEVOIR DÉFENDRE MA PEAU ...
TUNK
69

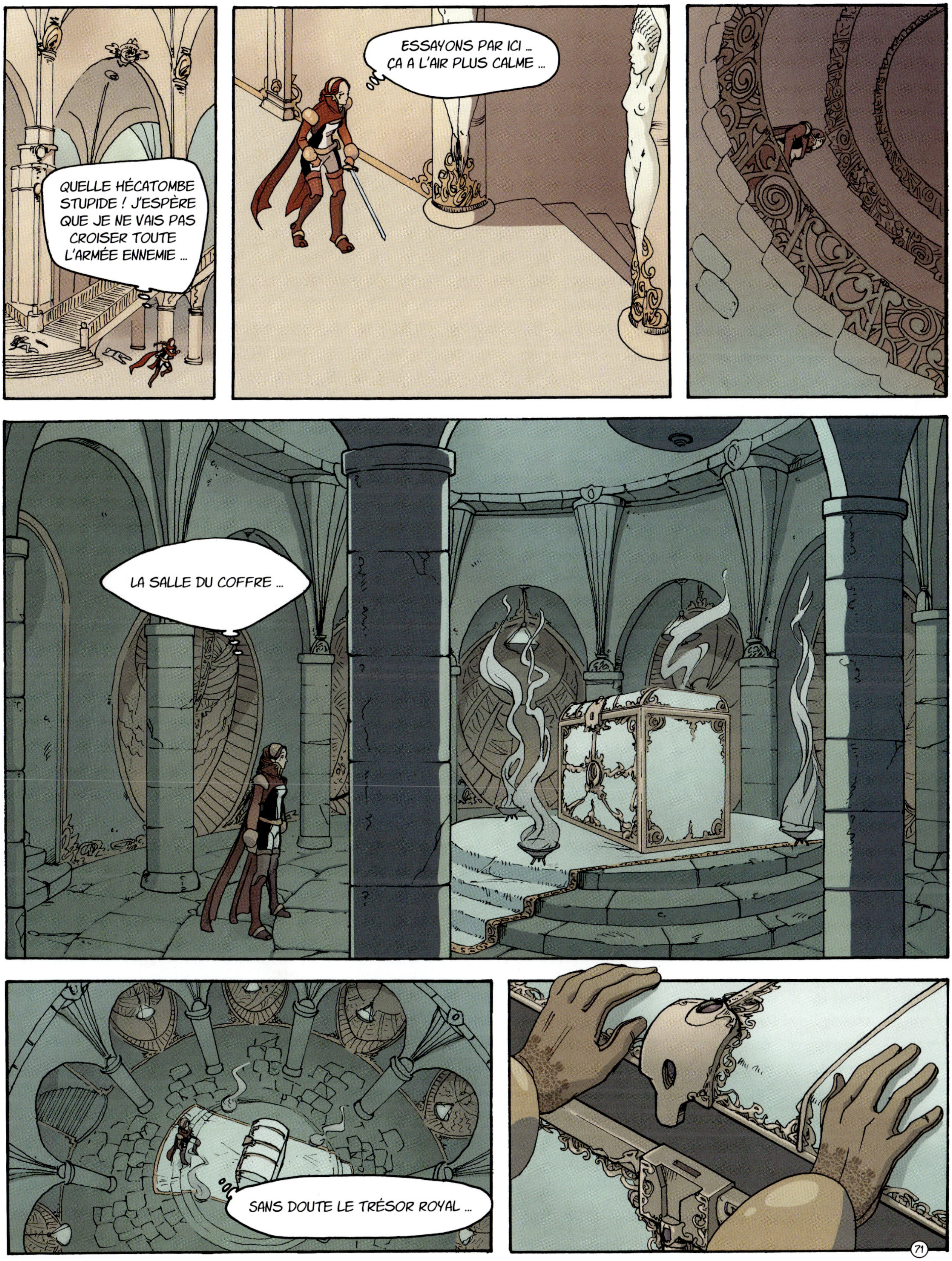
QUELLE HÉCATOMBE STUPIDE ! J'ESPÈRE QUE JE NE VAIS PAS CROISER TOUTE L'ARMÉE ENNEMIE ...
ESSAYONS PAR ICI ... ÇA A L'AIR PLUS CALME ...
LA SALLE DU COFFRE ...
SANS DOUTE LE TRÉSOR ROYAL ...
71

PEUT-ÊTRE DANS CE COFFRET, LÀ ...
GAGNÉ !
!?!
QUE CHERCHES-TU ICI, NANAMI ?
QU ... QUI ÊTES-VOUS ? COMMENT CONNAISSEZ-VOUS MON VRAI NOM ?
JE SUIS UN ESPRIT ... ET LES ESPRITS SAVENT BEAUCOUP DE CHOSES ...
ES-TU CERTAINE DE COMMETTRE UNE BONNE ACTION EN PRENANT CETTE LAME ?
72

JE ... JE VEUX JUSTE AIDER ALESSANDRO À SAUVER CE MONDE ...
MAIS CONNAIS-TU L'HOMME QUI TE L'A DEMANDÉ ? SAIS-TU QUELLES SONT SES VÉRITABLES INTENTIONS ?
NON, MAIS ...
IL T'A PROMIS DE T'AIDER, TOI AUSSI, N'EST-CE PAS ?
RÉFLÉCHIS BIEN, NANAMI ... ES-TU SÛRE DE VOULOIR PRENDRE CETTE LAME ?
OUI, MAIS ...
OUI !
ALORS, PRENDS-LA !
PRINCESSE AKATA !
JE VOUS RETROUVE ENFIN ! ON VOUS CHERCHE PARTOUT ! NOS ADVERSAIRES SONT PLUS CORIACES QU'ON LE PENSAIT ! NOS HOMMES ONT BESOIN DE VOUS !
JE ... J'ARRIVE, YAMANÉ ...
73

QUE VOUS EST-IL ARRIVÉ ?
RIEN ... JE ME SUIS BATTUE ET ... J'AI DÛ ME RÉFUGIER DANS CETTE SALLE POUR ÉCHAPPER À MES AGRESSEURS ...
TU LES AS APERÇUS ?
NON ... JE N'AI VU PERSONNE EN BAS ET JE N'AI CROISÉ PERSONNE EN DESCENDANT ...
NANAMI ! QU'EST-CE QUE TU FAISAIS ? ON T'ATTEND, FIGURE-TOI !
74

BRAVO, DJEMILA ! CETTE FOIS, JE TE SIGNALE QUE C'EST TOI QUI NOUS AS SORTIS DE LA PIÈCE !
NANAMI N'AVAIT RIEN À FAIRE DANS CET ENDROIT ! NOUS NOUS BATTIONS ET ELLE N ...
NANAMI T'A SAUVÉ LA VIE ! TU POURRAIS TE MONTRER UN PEU PLUS RECONNAISSANTE !
JE NE LUI AVAIS RIEN DEMANDÉ !
S'IL VOUS PLAÎT ! UN PEU DE SILENCE ! CESSEZ DE VOUS COMPORTER COMME DES GAMINS ! RACONTEZ-MOI PLUTÔT OÙ ON EN EST !
NOUS AVONS ATTAQUÉ LE CHÂTEAU ... MAIS LA RÉPÉTITION A ÉTÉ INTERROMPUE AVANT QU'ON SACHE QUI A REMPORTÉ LA VICTOIRE ...
JE VOIS ... IL FAUDRA DONC Y RETOURNER BIENTÔT ... TOUT LE MONDE PEUT VENIR MERCREDI PROCHAIN ?
BIEN SÛR !
SANS PROBLÈME ...
ET TOI, NANAMI ? TU SERAS LÀ ?
JE M'ARRANGERAI ...
75

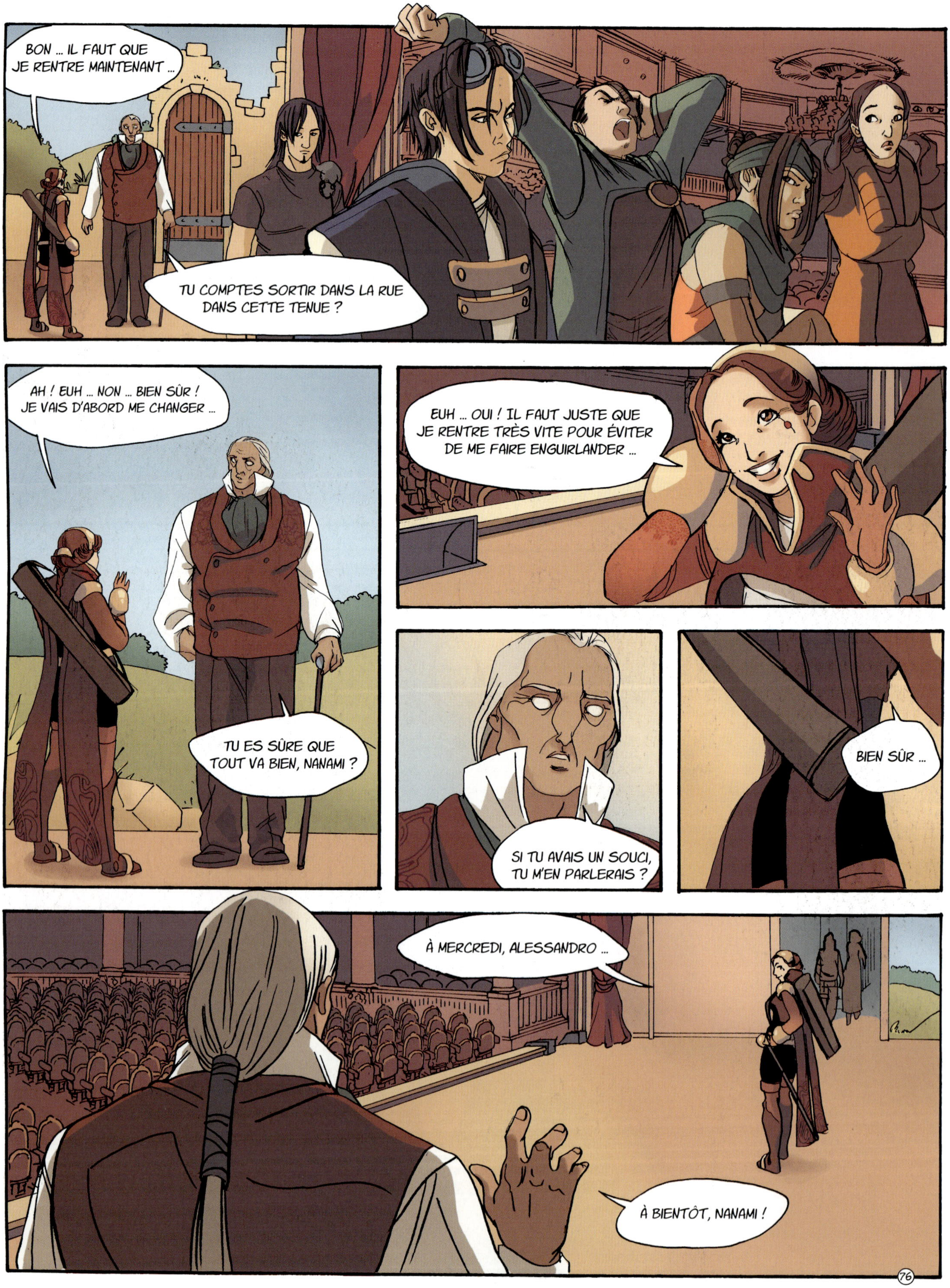
BON ... IL FAUT QUE JE RENTRE MAINTENANT ...
TU COMPTES SORTIR DANS LA RUE DANS CETTE TENUE ?
AH ! EUH ... NON ... BIEN SÛR ! JE VAIS D'ABORD ME CHANGER ...
TU ES SÛRE QUE TOUT VA BIEN, NANAMI ?
EUH ... OUI ! IL FAUT JUSTE QUE JE RENTRE TRÈS VITE POUR ÉVITER DE ME FAIRE ENGUIRLANDER ...
SI TU AVAIS UN SOUCI, TU M'EN PARLERAIS ?
BIEN SÛR ...
À MERCREDI, ALESSANDRO ...
À BIENTÔT, NANAMI !
76

UNE DEMI-HEURE PLUS TARD ...
BONSOIR, NANAMI ...
BONSOIR.
JE TE FÉLICITE ! TU N'AS PAS ÉTÉ LONGUE À VENIR ME RETROUVER ... L'AS-TU RÉCUPÉRÉE ?
EUH ... JE ... OUI ... LA VOICI ... MAIS ...
VOUS NE M'AVEZ TOUJOURS PAS DIT À QUOI CETTE LAME ALLAIT VOUS SERVIR ...
JE TE L'AI DÉJÀ DIT, NANAMI : MON SEUL BUT EST DE VOUS AIDER, TOI ET ALESSANDRO !
JUSTEMENT ... ALESSANDRO NOUS A PARLÉ DE VOUS AUJOURD'HUI ... IL N'AVAIT PAS L'AIR DE VOUS PORTER DANS SON CŒUR ...
TU SEMBLES AVOIR BEAUCOUP D'ADMIRATION POUR ALESSANDRO ... C'EST PARCE QUE TU IGNORES BEAUCOUP DE CHOSES SUR LUI !
QUELLES CHOSES ?
T'ES-TU SEULEMENT DEMANDÉ QUELS ÉTAIENT SES INTÉRÊTS, À LUI ? DE QUEL DROIT JOUE-T-IL AVEC VOS VIES, SANS AUCUN SCRUPULE ?
77

NAURIEL - CORBEYRAN - SARN - CHAMPELOVIER

FIN DE L'ÉPISODE